이 책을 계속 읽으시겠습니까?

계속 읽기를 원하시면

“오늘도 꽃 같은 하루를 보냈다.”

라고 말씀해 주세요.

오늘도 꽃 같은 하루를 보냈다

오늘도
꽃같은
하루를
보냈다

초판 1쇄 인쇄 2021년 12월 15일
초판 1쇄 발행 2021년 12월 22일

지은이 문영진

발행인 장상진
발행처 (주)경향비피
등록번호 제2012-000228호
등록일자 2012년 7월 2일

주소 서울시 영등포구 양평동 2가 37-1번지 동아프라임밸리 507-508호
전화 1644-5613 | **팩스** 02) 304-5613

ISBN 978-89-6952-488-1 03810

• 값은 표지에 있습니다.
• 파본은 구입하신 서점에서 바꿔드립니다.

오늘도
꽃같은
하루를
보냈다

문영진 지음

경향BP

차례

봄

여름

가을

겨울

봄

해가 지고 달이 뜨면

나는 나에게 말을 걸곤 한다.

"오늘도 꽃 같은 하루를 보냈다."

꽃 같은 하루, 문영진

미안해요.

꽃같이 생겼는데,

꽃같이 말해서.

사과, 문영진

너라는 꽃을 만나
나라는 꽃이 핀다

연리지, 문영진

나는 장미에 찔려 피가 흘렀고
오늘은 유독 많은 비가 내렸다

가시, 문영진

누구나 마음속에
잊지 못하는 장소 하나쯤은
간직하고 산다.

입꼬리가 올라가
내려오지 않는 곳.

광대뼈가 아플 정도로
웃음이 멈추지 않는 곳.

지금 우리는 오늘도
그 둘만의 장소에서
서로에 집중해 있다.

장소, 문영진

마음을 꾹 하고 닫았다가도
누군가 내 마음을 툭 하고 건들면
왜 그 사람이 훅 하고 좋아지는 걸까

마음, 문영진

제가 많이 외롭나 봐요.

또 쓰레기가 좋아져요.

외로움, 문영진

제 이상형은 쓰레기인가 봐요.
매번 쓰레기만 만나요.

이상한 이상형, 문영진

한결같이 나만 바라봐 주는 사람.

나는 네가 그런 사람이었으면 좋겠어.

한결, 문영진

자기만 생각하니까.

자기가 없는 거야.

자기, 문영진

연애하고 싶은 날씨… 봐.

날씨, 문영진

오늘 날씨 봐.

나는 널 보고.

오늘의 날씨, 문영진

"밥 먹었어?"

"아니. 왜?"

"너랑 같이 먹으려고."

애프터, 문영진

"오늘 비가 온다고 했나요?"

"아니요. 그대가 온다고 했어요."

사랑비, 문영진

잠깐 나올 수 있어?
할 말이 있는 건 아니고
네가 보고 싶어서.

잠깐, 문영진

"지금 잠깐 볼까?"

"아니, 오래 보자."

오래, 문영진

활짝 핀 꽃이
너와 같다.

꽃이 활짝 피기 전엔
언제 필까. 피긴 할까.
걱정이었지만

지금의 활짝 펴
걱정 없는 꽃은
너와 같다.

걱정꽃, 문영진

당신이 꿈꾸는 연애는 꿈입니다.

헛꿈 문영진

사랑에 빠졌다는 말보다는
너에게 빠졌다는 말이 더.

빠졌다, 문영진

나 좋다는 사람이
나는 진심 좋더라

좋다, 문영진

너에겐 사 준 적도 없는데
너에겐 꽃향기가 나더라

꽃향기, 문영진

너의 우선순위는

언제나 나였으면 좋겠어

영순위, 문영진

너에게 준 꽃이 시들어 간다.

그렇게 너의 마음도 시들어 갔다.

끝, 문영진

너에게 준 꽃이 시들었다.

너에게 또 꽃을 사 주었다.

노력, 문영진

꽃이 예쁘다는데
당신만 할까

꽃, 문영진

예쁘게 말하는 법을 알았다
너라는 사람을 알게 된 후로

예쁜 너, 문영진

너에게 준 꽃들의

안부를 묻고 싶은 밤

꽃 안부, 문영진

보고 싶다고 하면 아무 말 없이

내게 달려와 주는 사람이 좋다

단번에, 문영진

예쁜 말을 했더니
예쁜 날이 오더라

예쁜 말, 문영진

날씨는 풀렸는데

왜 내 인생은 안 풀리나

슬럼프, 문영진

생각하지 않고
마음이 가는 대로
연애하기로 했는데.

오늘도 생각한다,
너에게 어떤 예쁜 말을 할지.

예쁜 생각, 문영진

예쁜 짓을 하지 않아도

예쁘다고 해 줄게.

너는 너 자체로 예쁘니까.

예뻐, 문영진

오늘 죽을 뻔했어요.

너무 보고 싶어서요.

너무. 문영진

고장 난 카메라를 고쳐야겠어요.
카메라에 당신을 담기 위해서요.

카메라, 문영진

어떤 말을 하지 않아도 좋아.

함께 있는 것만으로도 좋아.

함께, 문영진

네가 좋아하는 사진 속에
내가 있어서 나도 행복해

사진, 문영진

덜 좋아하려다
더 좋아하게 돼

이상한 마음, 문영진

혈액형을 믿진 않지만
타로를 믿진 않지만
운명을 믿진 않지만
모든 게 다 너 때문에

너 때문에, 문영진

좋은 것만 보면 뭐하나
좋은 생각을 안 하는데

부정, 문영진

조금만 다가가면 가까워질 관계인데
그 조금이 어려워 가까워지지 못했다

거리, 문영진

마음이 닫혀 있는 사람의 마음이 열리는 시간은

생각보다 그렇게 오래 걸리지 않아요

마음의 시간, 문영진

네가 좋아하는 사람이 누군지

자꾸 묻게 돼

좋아해, 문영진

그 사람과 헤어지라고
자꾸 너를 설득하게 돼

헤어져, 문영진

나이가 들면 들수록
꽃이 좋아진다는데.
그래서 나는 네가
점점 좋아지나 봐.

점점, 문영진

나의 꽃 한 송이 선물에

웃음꽃이 피는 날이길

웃음꽃, 문영진

좋아하는 사람이 생겼습니다.

성은 “쓰”고 이름은 “레기”입니다.

쓰레기, 문영진

움츠린 어깨를 펴.

그럼 너의 인생에

웃음꽃이 필 거야.

어깨 펴, 문영진

사람은 잘 달라지지 않지만
잘 달래 준다면 달라질 수도

우쭈쭈, 문영진

너를 향한 내 마음을 사람들에게 들켰다.
이젠 내 마음을 너에게만 들키면 되겠다.

마지막 사람, 문영진

너랑 간 섬
혼자 탄 썸

혼썸, 문영진

나는 예쁘게 말하는 사람이 좋다.
네가 좋다는 말이다.

네가 좋다, 문영진

모든 것이 다르다고 느꼈던 우리가
지금은 이곳에서 모든 것을 함께하고 있다

여행, 문영진

너는 꽃 같다.

바람에 흩날리는 꽃 중에
가장 아름다운 꽃이니.

피든 지든
나는 그 꽃을 사랑하리.

너는 꽃, 문영진

요즘은 속으로 상처를 받아도
겉으로는 아무렇지 않은 척을 하며 지내는 나날이
아무렇지 않은 일상인 것 같다

일상의 이면, 문영진

말할 곳이 없을 때는
스스로에게 말을 하는 것이
가장 좋은 방법인 것 같다

방법, 문영진

월화수목금토닥토닥

위로일, 문영진

나도 너처럼
아무렇지 않게
받아들이고 싶다

이별, 문영진

이 밤에 듣는
노래 한 구절이.

이 밤에 읽는
책 한 구절이.

네가 잠들기 전
네 마음에 닿기를.

한 구절, 문영진

나를 미친 듯이
좋아해 주는 사람을
만나고 싶다.

이제 어중간한 건 싫다.

이런 연애, 문영진

너의 하루가 조금이나마 위로가 될 수 있다면
너의 상처가 조금이나마 아물 수 있다면
너의 아픈 이별이 조금이나마 치유가 될 수 있다면
내가 잠시 멈추어 묵묵히 너를 기다려 줄게.
네가 다시 힘을 내어 출발하게 될 때
내가 다시 너를 위한 시를 들려줄게.

Love poem, 문영진

잊어버리는 순간
잃어버리게 된다

잊잃, 문영진

항상 혼자였던 나의 날에

너라는 따스한 봄이 오길

봄날, 문영진

여름

밤이 되니까

너랑 하고 싶어졌어.

너도 나랑

하고 싶어 했으면 좋겠어.

술 한잔, 문영진

오늘 밤,

너랑 하고 싶어서

침대에 누워

기다리고 있어

너의 연락, 문영진

밤에만 같이 있는 사람 말고
밤에도 가치 있는 사람 만나

같이의 가치, 문영진

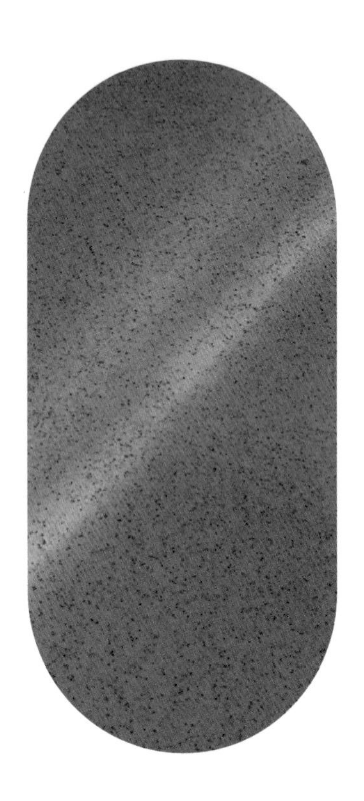

친구를 더 사랑한 너.

일을 더 사랑한 너.

널 더 사랑한 너.

그렇게 혼자가 된 너.

그래도 널 사랑한 나.

너와 나, 문영진

똥이 나오는 순간
휴지가 없는 걸 봤다

좌절, 문영진

닫힌 마음을 열 수 있게
제발 좀 닥쳐 주세요.

제발, 문영진

행복해 보이고 싶어 하면
행복해 보이기만 하더라

걸만, 문영진

행복해질 것인가
행복에 질 것인가

선택, 문영진

시간이 지날수록 미움이 생기기보단
시간이 지날수록 마음이 생겨야 사랑

사랑이란, 문영진

밤인데

왜 안 와요?

잠, 문영진

나는 나 좋다는 사람이 좋은데
그 마음이 진심이고 평생인 사람이면
얼마나 좋을까

진심, 문영진

그만 뚱뚱해지기로 다짐하기 전에

그만 처먹기로 해요, 우리.

그만, 문영진

연애 못해서

죽을 것 같다던 너는.

용케도 살아 있네.

용케, 문영진

날씨는 좋지 않은 날이지만
그대는 좋은 날이길 바라요

좋은 날, 문영진

누군가에게 충고를 할 생각이라면
자신은 그 일에 대해 부끄럽지 않게 행동했는지
한 번 더 생각하고 충고했으면 좋겠어요

충고, 문영진

진심이겠지 하고

진심을 또 줘 버린

내가 또 등신이겠지

등신, 문영진

사랑 그거 어렵지 않아요.
그냥 평소처럼 퍼 주다가
새로운 사람을 만나면
또다시 다 퍼 주면 돼요.

호구, 문영진

제발 나대지 말았으면 좋겠습니다.
다른 데선 나대지도 못하시잖아요.

경고, 문영진

비가 오면 당신에게
생각나는 사람이 될래요

비가 오면, 문영진

오늘만큼은 너의 모든 신경이

나를 집중해 줬으면 좋겠어

집중, 문영진

내가 호구로 보이냐?

어떻게 알았지?

잘도 보네?

점쟁이, 문영진

우린 오늘 또 어떤 말과 행동으로
서로의 모든 감각들을 설레게 할까.

감각, 문영진

자신 있게

자신답게

자신, 문영진

자존감도 없는 게

자존심만 세더라

쓸데없이, 문영진

배고프다고 징징댈
애인이 없어서.

그냥 바로 처먹기로.

순삭, 문영진

"보고 싶다."라는 말보다
"지금 만나자."라는 말이
더 듣고 싶은 그런 밤

그런 밤, 문영진

사랑받고 싶어하더라
본인은 주지도 않고선
기브앤테이크, 문영진

나한테 정 없다고 하는데
너는 나한테 줬냐

정, 문영진

본인은 되고 남들은 안 된다는
뇌 구조를 가진 인간들이야말로
진짜 안 된다

안 돼, 문영진

문제는 너에게 있으니
너에겐 무시가 답이다

무시, 문영진

거울을 보니
내 몸이 말이 아니더라.
돼지더라.

말이 아님, 문영진

괜찮아, 좀 서투르면 어때.
넘어질 수도 있으니 서두르지만 마.

서투르면 어때, 문영진

날씨가 좋은 날이면 하늘 사진을 찍는 게 맞는데
이상하게 대부분의 사람은 셀카부터 찍더라

셀카, 문영진

해가 뜨면 너는 눈부셨고
달이 뜨면 너는 빛이 났다

빛, 문영진

매번 큰 그림을 그리는 나는
사실 그림에 크게 소질이 없다

소질, 문영진

사람들의 시선 때문에

도전을 멈추지 말아요

시선, 문영진

자신의 장점을 아는 것이
자신의 가장 큰 장점이다

장점, 문영진

자신의 단점을 모르는 게
자신의 가장 큰 단점이다

단점, 문영진

떠보는 사람이 아닌

또 보는 사람이 되길

또, 문영진

내 인생에서 가치 없는 너를

내 인생에서 가차 없이 버릴게

잘 가, 문영진

웃는 모습이 예쁘고 싶다는데

웃어야 예쁘지

웃어, 문영진

"너 같은 새끼는 처음이야."라고 하는데

아닐걸?

데자뷰, 문영진

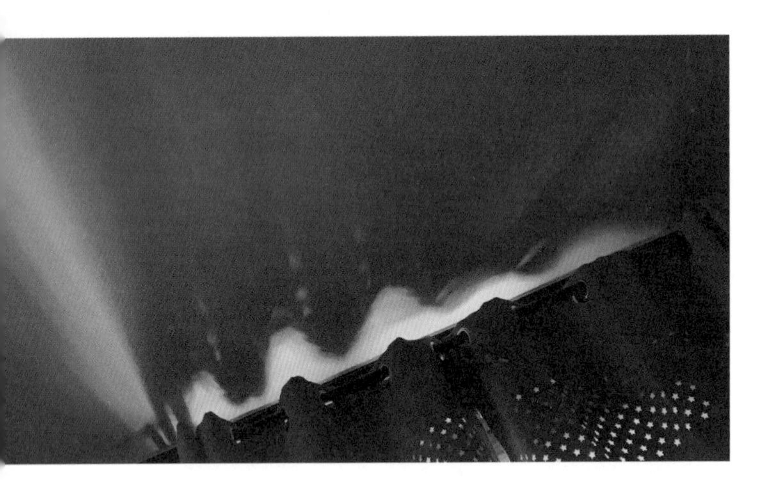

나의 상태 메시지는
상태가 좋지 않아요

상태 메시지, 문영진

잘해 주면
호구 된다

호구에게, 문영진

지금 하는 이기적인 행동들이

자신에게 되돌아올 일들인 것을 알았으면

이기적, 문영진

하던 일을 고치려 마세요.

그 일에 미쳐 봤으면 됐습니다.

최선, 문영진

네가 나를 좋아할 줄은 꿈에도 몰랐다.
왜냐하면 꿈이었으니까.

개꿈, 문영진

왜 이렇게 차갑게 대하냐고 묻기 전에
네가 따뜻하게 대해 줄 수는 없는 거니

따뜻하게, 문영진

당신의 어장관리가 멈추지 않는 한
당신에게 진정한 사랑은 없을 거예요

가짜 사랑, 문영진

몸무게가 늘고
걱정도 늘었다

몸무게, 문영진

우리 안 맞나 봐요.

우리 안 만나는 거 보니.

우리, 문영진

자신을 가져야
자신을 갖더라

자신감, 문영진

사랑을 부러워하기 전에
사람을 두려워하지 마요

두려움, 문영진

헤어진 연인을 욕하지 말아요.

더 보고 싶어지는 건 자신이에요.

욕, 문영진

밉게 말고
믿게 해 줘

믿음, 문영진

쓰레기한테 데였다고 상처받지 말아요.

더 많은 쓰레기가 당신을 기다리고 있으니까요.

대기, 문영진

네가 행복했으면 좋겠어.

쓰레기랑.

저주, 문영진

할 수 있으면서

못한다고 하는 것은

자신 스스로를

못하게 만드는 거야

주문, 문영진

"잘생기면 다냐."
"예쁘면 다냐."
라고 물었을 때

"잘생기면 다다."
"예쁘면 다다."
라고 말할 수 있는
뻔뻔함 정도는 갖고 살길

자존감, 문영진

이제는 헤어지세요.

자존감 없는 자신과.

자존감 이별, 문영진

확실하게 마음을 정하고
확실하게 마음을 전하길

확실, 문영진

행복은 됐고

있던 상처나 치유됐으면

치유, 문영진

밤이니까 시작해.
눈을 뜨면 낯선 아침일지라도.
지금 감정에 충실해.

시작, 문영진

가을

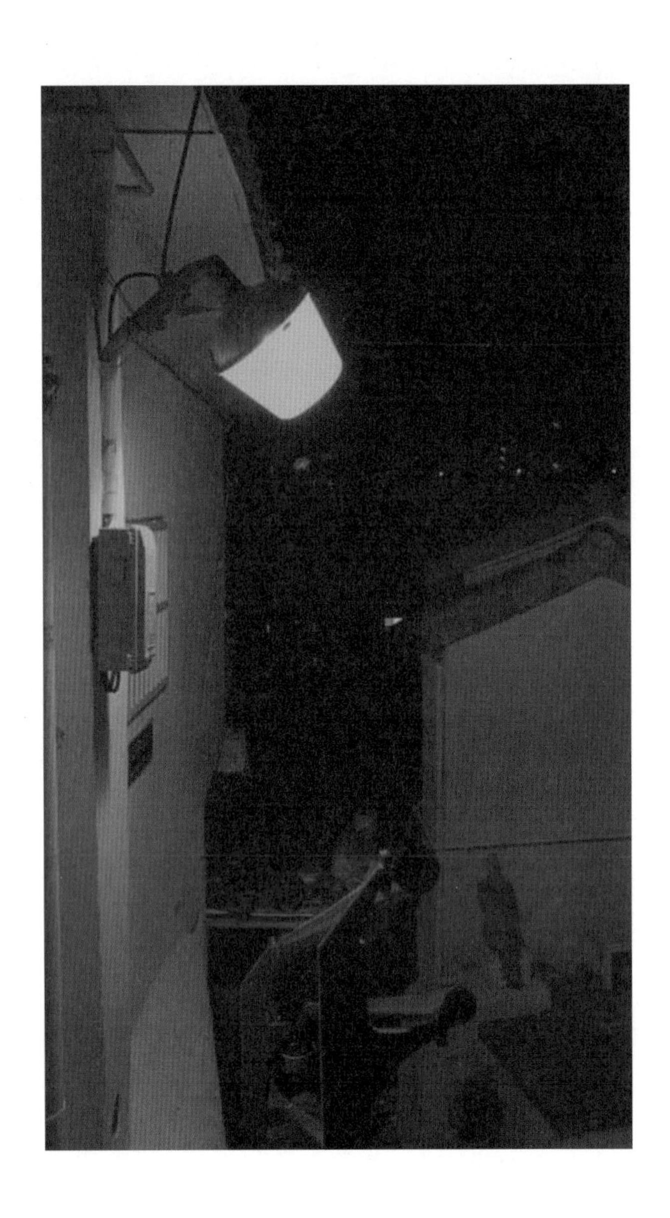

좆같은 하루였어도 괜찮다.

내가 꽃 같으니까.

꽃 같은 나, 문영진

인공위성인 줄 알았는데

별이었고,

별인 줄 알았는데

아니었다.

반짝이는 건

너였을까.

너였을까, 문영진

세상에 긍정적인 사람은 없다.
긍정적인 생각을 하려는 거지.

긍정적 생각, 문영진

우리는 무엇에 상처를 받았기에.

사람들의 가식적인 친절함에 흔들리고

사람들의 진심 섞인 행동들에 의심을 하는 걸까.

우리는 무엇에 상처를 받았기에.

상처, 문영진

정 없이 살던 나였는데

살면서 정이 많아졌다

걱정, 문영진

한숨뿐이었던
내 하루의 끝은
외로움뿐이었다

외로움, 문영진

너무 외로웠는데
너무 몰라주더라

아무도, 문영진

너무 좋아하는데

너무 몰라주더라

너무너무, 문영진

기댈 곳이 없어서
더욱 기대고 싶은 요즘

기대, 문영진

기댈 곳이 없는 게 아니고

마음을 열 용기가 없는 게 아닐까

용기, 문영진

내가 행복하고 내가 힘이 들 때
연락이 되지 않는 당신인데
어떻게 또 내가 다시 용기 내어
당신에게 연락할 수 있겠어요

다시, 문영진

힘내라고 말하는 나도.
사실은 진짜로 힘들어.

힘들어, 문영진

그때로 돌아가면

그대는 돌아올까

그때의 그대, 문영진

인간관계가 어렵다고 하는데
그렇게 말하는 너도 인간이야

인간, 문영진

인간관계가 힘이 들면

다른 인간을 만나세요

인간관계, 문영진

너는 나를 그렇게 좋아하진 않았구나

착각, 문영진

단 한 명이라도 알아줬으면
단 한 번이라도 행복할 텐데

단 한 번, 문영진

익숙해지고 있다.

익숙해지면 안 될 것들에.

익숙, 문영진

낙엽이 떨어지는 시기입니다.
정신줄 단단히 잡으세요.

정신줄, 문영진

오해만 했던 것 같다.

이해를 하면 될 것을.

이해, 문영진

잘 지내지 못하는 사람이

잘 지내는 사람에게 묻는 말.

"잘 지내?"

잘 지내, 문영진

지금 내 기분이

기분 탓이었으면 좋겠다

기분 탓, 문영진

달이 예쁘다는데
당신만 할까
달, 문영진

사람 마음 함부로 흔들지 마세요.

흔들립니다.

흔들림, 문영진

예쁜 사랑 하고 싶었는데
좋은 사람으로만 남았네

좋은 사람, 문영진

네 마음을 알아 가려다

내 마음이 앓아 갈까 봐

단념, 문영진

취한다.

너 챙겨야 하는데.

취한다, 문영진

오늘 밤. 너에게 연락이 온다면
내 마음은 많이 흔들릴 것 같아

연락, 문영진

네가 더 행복하렴
내가 덜 행복할게

널 위해, 문영진

지금 내 기분도 맞추지 못하겠는데
내가 네 기분까지 맞춰야 합니까

기분, 문영진

처음이니까 괜찮다.
처음엔 다 그런 거니까.

처음, 문영진

잘 살라고만 하더라.

너 없으면 죽겠는데.

잘 살아, 문영진

살고 싶다.

너랑.

살자, 문영진

타이밍이 맞지 않았던 게 아니고
서로가 그렇게 마음이 있지 않았던 거야

마음의 크기, 문영진

혼자가 편해진 게 아냐.
사람이 무서워진 거지.

사람, 문영진

너 괜찮아?

그럼 됐어.

난 괜찮아.

괜찮아, 문영진

자꾸 흔들리더라.

흔들리면 안 될 것들에.

흔들려, 문영진

네 마음을 읽으려다
오히려 내가 읽혔다

마음의 소리, 문영진

당신이 나를 버리고 떠나 놓고
당신 왜 내 주위에서 맴도는가

왜, 문영진

견딜 수 있을 거야.

아주 조금 외로운 것뿐이니까.

아주 조금 힘든 것뿐이니까.

아주 조금, 문영진

그냥 좀 놔두지
왜 자꾸 건드릴까

꿈, 문영진

감정은 없어졌고

걱정은 많아졌다

무감정, 문영진

쉬고 싶고

숨고 싶다

휴식, 문영진

오늘의 고통도

고통 없이 지나갈 거야

고통, 문영진

몸이 좋지 않아서 병원을 갔다.
병원에선 고칠 수 없다고 했다.

마음의 병, 문영진

무겁지 않습니다.

한 번만 들어 주세요.

제 이야기.

이야기, 문영진

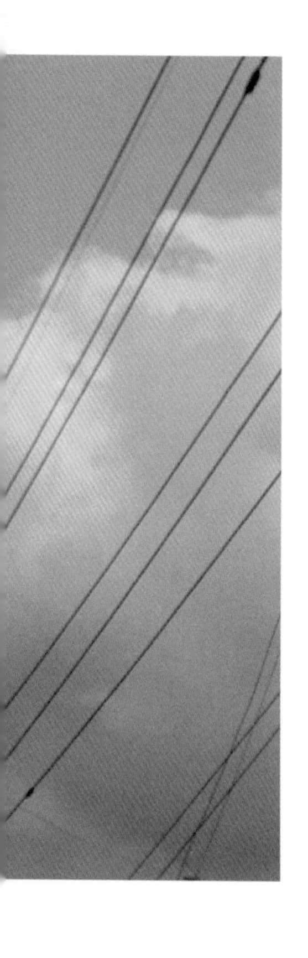

분명 내 눈엔 참 예쁜 하늘이었는데
당신은 그렇지 않다고 했어

다른 하늘, 문영진

잘 지내냐고 묻거든.

잘 지낸다고 전해 줘.

잘 지내 보이고 싶어.

잘 지내, 문영진

과거의 인간 때문에

나는 또 나를 사랑하는 사람을

의심하기 시작했다

의심, 문영진

잠깐만 머물 거면

잠깐만 머물지

왜 제 마음속에서

떠나지 않나요

마음속에서, 문영진

좀 살아 봤다고

평범한 게 제일 어렵다는 걸

이제는 조금 느낀다

어른아이, 문영진

행복할 땐 불안하기도 하면서
불안할 땐 왜 불안하기만 할까

불안, 문영진

유일하게 내가 잘할 수 있는 일인데
너는 그만하라네요

너를 좋아하는 일, 문영진

오늘도 우리는 하고 싶은 말을
마음속에 담아 둔 채 잠에 든다

마음앓이, 문영진

말할 것은 많은데
말할 곳이 없더라

어디에도, 문영진

괜찮지 않은

나를 위로하는

당신은 괜찮나요

괜찮나요, 문영진

낮과 밤이 바뀐 걸까.

아님 내가 바뀐 걸까.

일상, 문영진

셀카가 예쁘게 나왔다는데

그냥 네가 예쁜 거 아닌가

실물, 문영진

나는 사람을 믿지 않아.

네가 나의 천사가 되어 줘.

날개 없는 천사, 문영진

더럽고 치사한 세상이 엿 같아도
내가 참고 살 수 있는 것은
내 사람들이 내 옆에 있기 때문이다

어른이 되어 가는 과정, 문영진

"거의 다 왔어."

"조금만 버티고 견뎌."

아니다.

"괜찮아. 쉬었다 가."

라는 말이 듣고 싶었겠구나.

쉬었다 가, 문영진

바빴던 시간이 있었기에.
아팠던 시간이 있었기에.
괜찮은 시간이 올 거예요.

시간, 문영진

겨울

반짝반짝하는 것이
나에게 말을 거는 것만 같다.

달을 좋아하는 나에게
모스 부호로 신호를 보내듯
한 번만 자기 이야기를 들어 달라고
나에게 말을 거는 것만 같다.

마치, 나와 같다.

별, 문영진

나 잘해.

특히 좋아하는 사람에겐

더 잘해.

잘해, 문영진

"자니."라는 말보다는

"잘 자."라는 말이 좋아요.

잘 자, 문영진

너는 봄도 아닌데

왜 한겨울에 피었니.

겨울꽃, 문영진

비가 오고 눈이 오고 달이 뜨고 해가 뜹니다.
하늘도 우리와 같은 마음인가 봅니다.

같은 마음, 문영진

시간이 약이라면서
왜 약국엔 안 파나

약, 문영진

안부를 핑계 삼아
너에게 연락했다

핑계, 문영진

오랜만에 연락해서

말 같지 않은 소리를 하면

사람 같지도 않더라

차단, 문영진

생각 좀 하고 사세요

내 생각, 문영진

오늘도 수고했어요.

정말 고생했어요. 잘 자요.

내 옆에서.

잘 자요, 문영진

그 사람에게

연락이 오는 밤이어라

꼭, 문영진

오늘의 너와 내가 만나
밤하늘에 달이 만들어졌다

달밤, 문영진

오늘 밤은 너를 잊고 싶어.

오늘 밤은 너랑 있고 싶어.

오늘 밤은, 문영진

안 봐도 비디오인 사람을
굳이 봐야 할 필요는 없지

굳이, 문영진

네가 좋아하는 사람과
좋은 하루를 보냈으면 해.
그게 나였으면 더 좋고.

나였으면, 문영진

맘이 무거워서
밤이 무서워져

밤, 문영진

만날 사람은 만나게 되어 있어요.
오늘 밤의 우리처럼.

인연, 문영진

"자주 보자."라는 말은

말 그대로 네가 자주 보고 싶어서야

자주 보자, 문영진

생각이 많은 밤.

그 생각이 모두 너인 밤.

너인 밤, 문영진

생각보다 안 춥네.

네 생각을 해서 그런가.

안 춥네, 문영진

너의 마음을 흔들려다
내가 너에게 흔들렸다

도리어, 문영진

너는 또 어떤 핑계로
우리 사이를 멀어지게 할까

이별 핑계, 문영진

너 왜 힘든 척하냐.

챙겨 주고 싶게.

힘든 척, 문영진

너를 보자마자 그냥

말없이 꼭 안아 줬던 날

말없이, 문영진

그때로 돌아가면 그대를 안아 줄게요.
그대가 돌아오면 그때는 안 놔 줄게요.

돌아오면, 문영진

두 사람은 많이 달랐다.
두 사람이 하기 달렸다.

연애, 문영진

오해를 풀려거든 대화를 하세요.

그럼 더욱 대판 싸웁니다.

대화, 문영진

별이 빛나는 밤.
달이 보고픈 밤.
네가 그리운 밤.
그리운 밤. 문영진

나를 좋아해 주세요.

그럼 사랑해 드리죠.

연애 협상, 문영진

사람은 안 변해.

마음이 변하지.

안 변해, 문영진

당신이 나를 사랑하는데

나 또한 분명 당신을 사랑하는데

왜 이리 불안하기만 한 걸까요.

분명 그 답은 서로에게 있는 거겠죠.

아니. 그 이유는 저에게 있는 거겠죠.

이유, 문영진

종일 토해 내도
토해 내지 않는 것들

걱정거리, 문영진

어렸을 때 했던 첫사랑에 비하면
지금 하고 있는 짝사랑은
그렇게 아픈 것도 아니다

아픈 사랑, 문영진

답이 필요한 게 아니고
들어 줄 네가 필요했다

필요, 문영진

"호구야. 그러니까 네가 맨날 당하고만 사는 거야."
라고 호구인 친구가 내게 와서 말했다.

호구가 호구에게, 문영진

좋아하는 사람에게

좋아한다고 말하지 못한

좋지 못한 그런 하루

고백 날, 문영진

우리 확실한 관계니.

나만 확신한 관계니.

어떤 관계, 문영진

다음엔 술을 마시지 않아도

내 생각이 났으면 좋겠어

맨정신, 문영진

더는 연락을 하지 말라 했지만
너의 연락을 기다리고 있어

연락해, 문영진

더는 집 앞을 찾아오지 말라 했지만
창문 너머로 너를 기다리고 있었어

기다림, 문영진

잠수를 타려다
애만 타 버렸다

잠수, 문영진

다들 헤어지고 만나고
다른 사람과 또 헤어지고 만나고
다들 그렇게들 반복하며 살더라.

반복, 문영진

같은 실수를 반복하는 너에게
나의 다른 모습을 보여 주려 해

변화, 문영진

걱정 없이 살던 나인데

걱정하며 산다.

너만을.

네 걱정, 문영진

앞으로 잘할 수 있을 거예요.

지금도 잘하고 있으니까요.

지금처럼, 문영진

애인이 있는 사람들은
그럴 만한 이유가 있다.

그럼에도 불구하고 나에겐
애인도 이유도 없다.

없다, 문영진

포기를 모르던 너는
쉽게 포기했다 나를

포기, 문영진

힘들었던 기억들은 잊고

힘이 나는 추억들만 간직하길

간직, 문영진

"왜 이렇게 불행할까?"라고 생각할 때가
가장 행복할 때일지도 몰라요

생각의 차이, 문영진

너에게 딱 어울리는 말.

예뻐, 문영진

애인이랑 여행 가려고 하는데.

괜찮은 애인 추천 좀.

추천, 문영진

걱정하지 마세요.

걱정하는 순간,

그 걱정은 현실이 됩니다.

생각하는 순간, 문영진

나는 여전히 그대를
기다리는 중입니다.
돌아오지 않을 것을
누구보다 잘 알면서도.

잘 알면서도, 문영진

사랑을 받고 싶다면
사랑을 먼저 주세요

먼저, 문영진

내 마음은 다 가져가 놓고
네 마음은 다 주지를 않네

짝사랑, 문영진

우리 제대로 인사도 못했네.

꺼지라고.

꺼져, 문영진

좋은 날.

좋은 나.

좋은 너.

조온나, 문영진

끼는지가 부려놓고
혼자치고 빠지기네
한번만더 끼부리고
나몰라라 치고빠짐
나는너의 턱주가릴
후려치고 빠질거야

어장관리, 문영진

길을 걷다가 보도블록 틈 사이로

꽃 한 송이가 예쁘게 올라와 있다.

바쁜 하루를 버티고 이겨낸 너를 닮았다.

그 틈 속에서도 너라는 꽃은 핀다.

틈, 문영진

바람이 많이 차가워졌네요.

잘 지내고 있나요.

나는 잘 지내고 있습니다.

안부, 문영진

바쁜 일상 속에서
평범하게 살고 싶나요.
바쁘게 살지 말아요. 예쁘게 살아요.
당신은 그게 어울려요.
오늘도 부디 꽃 같은 하루였길.

아… 꽃 같네, 문영진